অনন্তের ব্ল্যাকবোর্ড

চিরন্তন ভালোবাসার কবিতা।

শ্রীজয়দীপ

Ukiyoto Publishing

All global publishing rights are held by

Ukiyoto Publishing

Published in 2022

Content Copyright © শ্রীজয়দীপ

ISBN 9789360164751

*All rights reserved.
No part of this publication may be reproduced, transmitted, or stored in a retrieval system, in any form by any means, electronic, mechanical, photocopying, recording or otherwise, without the prior permission of the publisher.*

The moral rights of the authors have been asserted.

*This is a work of fiction. Names, characters, businesses, places, events, locales, and incidents are either the products of the author's imagination or used in a fictitious manner. Any resemblance to actual persons, living or dead, or actual events is purely coincidental.
This book is sold subject to the condition that it shall not by way of trade or otherwise, be lent, resold, hired out or otherwise circulated, without the publisher's prior consent, in any form of binding or cover other than that in which it is published.*

শ্রী অরবিন্দ ও তার কালজয়ী মহাকাব্য সাবিত্রী
যা আমাকে কবিতা লেখার

         — অনুপ্রেরণা জুগিয়েছে।.

সূচীপত্র

ভূমিকা।	1
ভালোবাসা ও মৃত্যু।	4
সেই বিন্দু	7
মালবী লতা	8
তোমার পরিচয় 'তুমিই'।	10
হৃদয়ের হৃদপিণ্ড	13
সেই চোখ	15
অবিশ্বাসের মহাকাব্য।	16
সে সব স্বপ্নেরা।	17
সেদিনের সেই বৃষ্টি	20
ব্যাথা	23
তার কেটে গেছে	24
তুমি কি জানো	25
আছে কি এমন মজা মুক্তিতে, যা আছে ভালোবাসাতে	28

শপথ	29
নিষিদ্ধ	30
অনন্ত	35
নিজের রূপকথা	37
সিন্ড্রেলা ও কীট	38
অনন্তের ব্লাকবোর্ড	40
সিনেমা আর সাহিত্য	41
সৃজনশীল ভালোবাসার দশমীর জগত	43
সবই কালো ভালোবাসা সাদা	44
মেঘে ঢাকা অরুনাচলা	47
সমুদ্রের জলোচ্ছ্বাস	48
ভিক্টোরিয়ার পরির বাসা	49
ভালোবাসার কবি	50
লেখক সম্পর্কে	51

ভূমিকা।

আমার কবিতার হাতেখড়ি হয়, প্রায় ২৬ বছর আগে একটি ভালবাসার কবিতা দিয়ে। কবিতাটির নাম ছিল 'সুচরিতা আবার দেখা হবে'। আর যে লিটিল ম্যাগাজিনে এটি প্রকাশ পায় তার নাম ছিল 'শুভদীপ'। কবিতাটি লেখা হয়েছিল নারী এবং পুরুষের এক সাময়িক ভালোবাসার অনুভূতি কে নিয়ে। তখন আমার বয়স ২১ বছর। এই সাময়িক ভালবাসার অনুভূতিগুলো আন্দোলন করছিল আমার দেহে আর মনে।

তার প্রায় সাত বছর পর, আমার হাতে এসে পড়ে শ্রী অরবিন্দের লেখা সাবিত্রী গ্রন্থটি। মহাভারতে সাবিত্রী একটি চরিত্র যে ভালবাসার জোরে নিজের মৃত স্বামীকে, জীবন্ত করে তুলেছিল। এবং মৃত্যু উপত্যকার অধিপতি যমরাজের কাছ থেকে বর আদায় করেছিল। আজকালকার যুগে এই অস্থায়ী সম্পর্ক ও ভালোবাসার মধ্যে, এইরকম একটা ভালোবাসার কাহিনী, যাকে নিয়ে একটি শ্রী অরবিন্দ একটি মহাকাব্য রচনা করেছিল, তা আমার মনে একটা গভীর দাগ কাটে।

সেই থেকে আমার খোঁজ শুরু হয় চিরন্তন ভালবাসার। চিরন্তন ভালবাসা তার অস্তিত্ব আমাদের আধুনিক সমাজে খুঁজে পাওয়া একেবারেই অসম্ভব। এখনকার দিনের সম্পর্ক গুলো স্বার্থপরতায় ঘেরা এবং সেখানে ভালবাসার থেকে স্বার্থ, নিজের কাজ উদ্ধার, এইগুলোই কাজ করে বেশি। কিন্তু দমে জমে যায়নি আমার এই চিরন্তন ভালোবাসার খোঁজ। বাস্তবের জগতে এই খোঁজ ঠাঁই পেয়েছে আমার কবিতার জগতে ২০১৫ সাল থেকে।

মানুষের সভ্যতা থেকে উঠে দাঁড়িয়ে, যখন আমি প্রকৃতির দিকে তাকিয়েছি, বা মহাকাশের দিকে তাকিয়েছি, চারিদিকেই দেখেছি চিরন্তন ভালবাসার সেই ছোঁয়াকে, যা সাবিত্রী মহাকাব্য দেখা যায়। সেই সব অভিজ্ঞতা গুলোই উঠে এসেছে এই কবিতার বইতে, যার নাম দিয়েছি 'অনন্তের ব্ল্যাকবোর্ড'। এই 'অনন্তের ব্ল্যাকবোর্ড' আমাদের ভালোবাসা কি একটা চকের দাগ হবে না সমস্ত ব্ল্যাকবোর্ডটাই হবে সেই উত্তর খোঁজার চেষ্টা করেছি এই কবিতাগুলোর মাধ্যমে।

দীর্ঘ ৭ বছর ধরে বিভিন্ন সময় ধরে লেখা এই কবিতাগুলো, মাঝে মাঝে প্রতিফলিত করেছে সেই সময়কার ঘটনা প্রবাহকে, এবং তার মধ্যে থেকেও অনন্তের ব্ল্যাকবোর্ডের দিকে আকর্ষণটাকে। তাই চিরন্তন ভালোবাসার এই কবিতা সংকলনে ঠাই

পেয়েছে নাগরিক জীবনের কিছু হতাশাও। অনন্তর ব্ল্যাকবোর্ডে যেমন তারাদের গল্প থাকে, যেমন চাঁদ-মামার গল্প থাকে, যেমন নীহারিকার গল্প থাকে, তেমনি আমাদের এই পৃথিবীর গল্প থাকে, আবার আমাদের নাগরিক জীবনের সমস্যা গুলোর গল্প থাকে।

তাই সব মিলেমিশে 'অনন্তের ব্ল্যাকবোর্ড' চিরন্তন ভালবাসার খোঁজে এক গল্প, কবিতার মাধ্যম দিয়ে বলা।

বিধিসম্মত সতর্কীকরণ হিসেবে, পাঠককে আগেই বলে দি, এই কবিতায়গুচ্ছ, চিরন্তন ভালবাসাকে খোঁজার কবিতা। আমি এখনো সেই চিরন্তন ভালোবাসাকে খুঁজে চলেছি, মাঝে মাঝে কিছু চিহ্ন দেখতে পেলেও পরিপূর্ণভাবে তাকে খুঁজে পাইনি। যেটা তৈরি করতে চেয়েছি সেটা হচ্ছে অনন্তের ব্ল্যাকবোর্ড। একটা মহাশূন্যতা যা সব দিক দিয়ে পরিপূর্ণ। যার কোন আকার নেই। যে নিরাকার। কিন্তু যে সমস্ত রকম আকার ধরে রাখতে পারে।

শ্রীজয়দীপ
৩রা অক্টোবর,২০২২
পূর্ব বর্ধমান

ভালোবাসা ও মৃত্যু।

একটা রাত জোর করে ঢুকে পড়ছে আমার দিনের সময়।

কারো কথা না শুনেই সে ভেঙে দিচ্ছে আমার চারিপাশে আমার স্বপ্নকে কেন্দ্র করে গড়ে ওঠা মানুষের ইমারত।

একটা রাত জোর করে ঢুকে পড়ছে আমার দিনের সময়।

আমার দেহটাকে নড়বড় করে দিচ্ছে,
সমস্ত স্নায়ুগুলোকে,
যা বিপ্লবের উত্তেজনায় টগবগ করে ফুটতো,
তাকে জাদু ছড়ি দিয়ে বানিয়ে দিচ্ছে ঘুমন্ত গোসাপ।

একটা রাত জোর করে ঢুকে পড়ছে আমার দিনের সময়।

আমি অনেকক্ষণ ধরে চেষ্টা করছি, ছটফট করছি,
আশেপাশের হুটোপুটির আওয়াজগুলো ধীরে ধীরে শান্ত
হয়ে যাচ্ছে।
সবাই চেষ্টা ছেড়ে দিচ্ছে,
কিন্তু আমি চেষ্টা করে যাচ্ছি।
রাতটাকে কিছুতেই গ্রাস করতে দেব না
আমার দিনের সময়।

একটা রাত জোর করে ঢুকে পড়ছে আমার দিনের
সময়।

তারপর হঠাৎ করে আবির্ভাব হল তার।
আমার আপ্রাণ চেষ্টা দেখে তার হয়তো দয়া হয়েছে।
আমার দিকে করুন দৃষ্টিতে তাকিয়ে রইল সে।
তার দুটো চোখ আর দৃষ্টিতে সে কি অপরিসীম শক্তি।
কোন চেষ্টা ছাড়াই আমি ধীরে ধীরে উঠে বসলাম।
কথা বলতে লাগলাম।
ফিরতে লাগলো চারপাশের কলরব।

যে রাতটা জোর করে আমার দিনের সময় কেড়ে
নিচ্ছিল, সে হঠাৎই উধাও হল।
আমার পাশ দিয়ে বয়ে চলেছে,
কল কল করে এক নদী,
কোন এক সমুদ্র তে গিয়ে তাকে মিলতে হবে,
তাই তার এত তাড়াহুড়া।

সেই বিন্দু

কাছের আর দূরের স্বপ্নগুলো, ধূসর রঙে ঘেরা।

সেই ধূসর রঙের মাঝে, কোথাও একটা বিন্দু
বারবার হারিয়ে ফিরে আসছে।

সেই বিন্দু দিচ্ছে আমাকে মুক্তির হাতছানি।

আমার গৃহস্ত ভরে আছে নোংরা বাসন-কুশনে।

আমার ঘর গুলো ধুলোয় ভর্তি।

আমার পেটে খিদে চুই চুই করছে।

শুধু একটা বিন্দু,

তার মাঝ দিয়ে,

আমার জীবনের ধূসর স্বপ্নগুলো পেরিয়ে,

বহুদূরে কত আলোকবর্ষ ছাড়িয়ে,

সেই বিন্দুর তাল তাল কালো, আলকাতরার মত রং
ভেদ করে,

তোমার মহাকাশে, লুকিয়ে ঢুকে পড়ল।

মালবী লতা

বহুদিন পরে, ব্যথা থেকে একটু মুক্তির স্বাদ।
আমায় ছুঁয়ে গেল মালবী লতা।
রন্ধে রন্ধে শিহরণ,
গন্ধে গন্ধে মানবিকতা।
লতা উঠবে বেয়ে আমার পা ধরে,
নতুন করে,
হবে আমার মাথা।
এক বুক নিঃশ্বাস নিয়ে, আমি আতঙ্কিত হয়ে বললাম
'সে আবার কি কথা?'
তুমি তো লতা,
ওতো উপরে উঠে
করবে টা কি হে ?
থাকো না পায়ের তলায়
পাপসের আরাম,
কি আমার মন চায় না।

হতে পারি আমি লতা
তবু মাঝে মাঝে ,
ঝুলে থাকতে চাই একা,
চাইনা উঠতে
কাউকে অবলম্বন করে।

কখনো কি ভেবে দেখেছো,
যখন তুমি অবলম্বন দাও,
আমিও তরতর করে উঠি ।
আকাশের দিকে,
মনে হয় হাওয়া হয়ে ছুটি,
ছুঁয়ে ফেলি ঐ নীল দিগন্ত।
কিন্তু হঠাৎ করে খুঁজে পাই,
আকাশ জোড়া, সেই নীলের মাঝে,
দগ দগ করছে এক ক্ষত।

তোমার পরিচয় 'তুমিই'।

আমরা শুধু তোমার ছবি তুলতে পারি।
বহু যুগ আগে,
বহু ক্রোশ পেরিয়ে আসা,
তোমার আলোর
স্পর্শকে,
অনুভব করতে পারি।

তোমাকে পরিচিত করার দুঃসাহস দেখাতে পারিনা।
তোমার, পরিচয় 'তুমিই'।

মৃত্যুর চার হাজার লক্ষ বছর পরেও,
তোমার আলোকে তুমি জীবিত রাখতে পারো।
মহাকাশেই সেই সব ধুলিকণেরা ,
যারা তোমাকে গ্রাস করে ফেলেছিল,
যারা তোমার আলোর উপর

তাদের অন্ধকারের অভিশাপ,
লেপে দিয়েছিল।

তাদের কে পেরিয়ে,
তুমি তোমার ভালোবাসার আলো
পৌঁছে দিতে পেরেছো আমাদের কাছে।

সেই ধূলিকণা দের হিসাব কেউ রাখেনি,
তোমার আলোর হিসাব সবাই রেখেছে।

তাই, তোমার পরিচয় 'তুমিই'।

ওই দূরে নীহারিকায, যেখানে শত সহস্র বিস্ফোরণে,
ফেটে গিয়েছিলে তুমি।
ভেঙে গিয়েছিল তোমার দেহ,
ছড়িয়ে পরেছিল চারিদিকে তোমার দেহের অবশিষ্ট।
জন্মেছিল তার থেকে, কত নতুন তারা।
কিন্তু তারাও তোমার পরিচয় হতে পারেনি।

তোমার পরিচয় 'তুমিই'।
আমাদের তো নিজস্ব আলো নেই।
আমরা তাই আলোর চিঠি,
কোনদিনই তোমার মত ডাকে করে,
শত সহস্র লক্ষ বছর পরেও,
কাউকে পৌঁছে দিতে পারব না।

সে আলোর চিঠি খুলে তোমার মৃত্যু দেখে, তোমার অমরত্বকে,
শুধু অনুভব করতে পারবো আমরা।
তাই, তোমার পরিচয় 'তুমিই'।

শ্রীজয়দীপ

হৃদয়ের হৃদপিণ্ড

আমার সামর্থ্যগুলো তৈরি হলো,
তোমাকে পাওয়ার ইচ্ছার থেকে।
তারপর যখন তোমাকে পেলাম,
আমার সবকিছু পাওয়া হয়ে গেল।

হঠাৎ করে আমি সামর্থ্যবান হয়ে গেলাম।
দুর্বল হাড়গুলো হয়ে উঠল শক্তিশালী।
পেটে গুত মেরেও, আগে শব্দ বের হতো না।
এখন কল কল করে বের হতে থাকলো শব্দের বন্যা।

পায়ের পেশিগুলো জোরালো হল।
দৌড়ে পালিয়ে যেতে পারতাম।
কিন্তু রুখে দাড়ালাম।

এগুলো সব কেন হলো জানো?

কারণ তুমি হচ্ছে হৃদয়।
আর আমি সেই হৃদয়ের হৃদপিণ্ড।

ঐ অনুভব হওয়ার সঙ্গে সঙ্গে,
সমুদ্রটা যেন আছড়ে পড়ল আমার ছোট্ট ড্রয়িং রুমে।
ঢেউয়েরা লাইন করে দাঁড়ালো আমার মেঝেতে।

তারাও বলল, আমার নাকি আর কিছু পাওয়ার নেই।
তোমাকে পেয়ে, আমি সব কিছু পেয়ে গেছি।
আমি সবচেয়ে বেশি সামর্থ্যবান হয়ে গেছি।
তাই আমি এখন মুক্ত।
সমুদ্র আছরে পড়ছে আমার ড্রয়িং রুমে।
পাহাড় শক্ত হয়ে দাঁড়িয়ে আছে আমার বেডরুমে।
ব্যালকনিতে সারিসারি
তারা ঝিকিমিকি করে, করছে খেলা।
আমার বাড়িটা এখন মহাকাশের মধ্যে ঝুলছে।

এগুলো সব কেন হলো জানো?
কারণ তুমি হচ্ছে মহাকাশের হৃদয়।
আর আমি সেই হৃদয়ের হৃদপিণ্ড।

সেই চোখ

সেই চোখ যা একসঙ্গে স্বপ্ন দেখতো।

সেই চোখ যা একসঙ্গে রাত জাগত।

সেই চোখ যা একসঙ্গে তারা খসা দেখে প্রার্থনা করত।

সেই চোখ যে এক বুক রাগ নিয়ে অপেক্ষা করত, আর ঘন ঘন ঘড়ি দেখতো।

আজ সেই চোখ, একা একা তাকিয়ে থাকে।

রাস্তায় থমকে দাঁড়িয়ে, কাউকে মাঝে মাঝে খোঁজে।

আজ সেই চোখ দুপুরবেলায় চিলিকোঠয় কিরকম অদ্ভুত ফ্যাকাসে দৃষ্টিতে বৃষ্টিকে তাকিয়ে দেখে ।

সেই চোখ যা দুঃখ ভাগ করে নিত,

বৃষ্টির জলে নিজের কান্নাকে মিশিয়ে দেয়।

সেই চোখ যা দীপ্ত ভবে তাকিয়ে দেখত।

আজ চোখ নামিয়ে নেই।

অবিশ্বাসের মহাকাব্য।

সব মহাকাব্যই কেমন যেন অবিশ্বাসের মহাকাব্য।

সেখানে বিশ্বাসের থেকে অবিশ্বাসের মাত্রা বেশি।

বিশ্বাসভাঙ্গার গল্পগুলোয় বেশি।

তাহলে কী মানুষের ইতিহাস, বিশ্বাসের ইতিহাস নয়, শুধু অবিশ্বাসের ইতিহাস।

সে সব স্বপ্নেরা।

সেই স্বপ্নটা এখনো ঘুমের মধ্যে তারা করে।

তার হাত গুলো খোলা, পা গুলো বাধা।

সে শুধু দু হাত বাড়িয়ে সবকিছু আঁকড়ে ধরতে চাই।

কিন্তু পায়ের সেই বাঁধনে,

চলতে পারে না।

সে ছটফট করে,

কখনো রেগে ফেটে পড়ে,

কখনো বা কেঁদে ভাসিয়ে দেয়।

তার মধ্যে হঠাৎ করে ঢুকে পড়ে, আরেকটা স্বপ্ন সবকিছু তালগোল পাকিয়ে দেয়।

সেই স্বপ্নটা বেশ সুন্দর। তার হাত আর পা, দুটোই খোলা।

তার চোখের কোনে মোটা দাগের কাজল।

তার প্রতি হাতছানিতে আছে একটা গল্প, যে কোনো দিন,

যে কোন সময়ে,

হয়তো সেই বুজে থাকা পদ্মের মতো,

ফুটে উঠবে।

কখন কোথায় কোন সময়ে, তার বিন্দুমাত্র আভাস আমি কিছুতেই পাই না।

আমি শুধু বিস্মৃত হয়ে বারবার সেই স্বপ্ন দেখেই, যাই দেখেই যাই।

তারপর সেই স্বপ্নটার বুক চিরে উঠে আসে আরেকটা স্বপ্ন।

তার আকারটা কালো পাক দিয়ে ঘেরা।

 সে বড়ই কদর্য, বড় নৃশংস, লাল লাল চোখ গুলো মধ্যে শুধুই লোভ।

হাত দিয়ে সে আমার গলা টিপতে আসে।

আমি ধড়ফড়িয়ে উঠে পড়ি।

অনেকক্ষন ধরে হাতাতে থাকি।

তারপর চারিদিকে তাকিয়ে দেখি, সকালের স্নিগ্ধ আলো সবকিছু ভরিয়ে ,

সেই সব স্বপ্নদের, কোথাও উধাও করে ফেলেছে।

সেদিনের সেই বৃষ্টি

তার মন ভরানো সংগীত,
মাঝে মাঝে সেই সুর তীব্র হয়ে ওঠে।
মাঝে মাঝে আবার সেটা মৃদু হয়ে যাওয়া।
চারিদিকে জলের ছিটা,
আকাশটা খুব ভেজা।
 আর এসবের মাঝে তোমার স্মৃতিগুলো
হঠাৎ করে ম্যানহোলের ঢাকনা খুলে বেরিয়ে আসা।
চারিদিকে জলে জলাকার,
ম্যানহোলের ঢাকনাটা
তুমি যদি বন্ধ না কর,
আর আমি যদি পা পিছলে, দেখতে না পেয়ে, ওই
ড্রেনে আমি পড়ে যাই ?
তুমি আসবে আমায় তুলতে?
সেই বৃষ্টিভেজা ছাতাটা নিয়ে এসেছিলে,
সঙ্গী ছিল একটা নীল রেনকোট।
আসবে তুমি, আবার আমাকে তুলতে?
আমি যে নোংরা জল, একবারে সহ্য করতে পারিনা।
আমার এলার্জি হয় তুমি জানোই তো।
আমি মুক্ত আকাশ চাই, প্রাণ ভরা বাতাস চাই,

সবুজের ছায়া চাই,
আকাশে তারা চাই,
জুঁইফুল ভরা মাটি চাই
নদীর কল কল গতিবেগ চাই।
আগুনের শক্তি চাই।
পাহাড়ের শান্তি চাই।
তোমার আঁচল আমাকে এ সব কিছুই দেয় না।

দম বন্ধ করা নোংরা জল।
মাকড়সার জাল
শ্যাওলার ছড়াছড়ি
আমি বারবার এতেই পিছলে পড়ি।

তুমি কি চাওনা আমি একটু উঠে দাঁড়ায়।
তোমার জন্য না হলেও নিজের জন্য।
পৃথিবীর সব ধ্রুবতারার জন্য।
জোনাকির আলোর জন্য।

তাহলে ম্যানহোলের ঢাকনাটা খুলো না।
বৃষ্টির সুরটাকে বইতে দাও।
কখনো সে তীব্র হয়ে ওঠুক।
আর কখনো মৃদু।

ব্যাথা

ডান দিকের মাথায় আজ খুব ব্যাথা।

লেখা সব বন্ধ।

চোখটা ভার ভার।

আজ কারও আমার লেখা পছন্দ নয়।

ছন্দ গুলো তাই ঠিকমতো কিছুতেই তৈরি হচ্ছে না।

বেশ বেসুরো লাগছে রাতটা।

একটা ভার ভার বোধ।

মনে হচ্ছে অনেক কিছুই অপূর্ণ থেকে গেল জীবনে।

হতাশা বাড়ছে,

বাড়ছে বিফলতা।

তবুও মাঝে মাঝে স্বপ্নেরা হাতছানি দেয়।

তবুও মাঝে মাঝে মনে হয় এক বুক শ্বাস নিয়ে আবার নতুন করে

বাঁচি বাকি জীবনটাকে।

তার কেটে গেছে

কানটা কেমন ভো ভো করছে।

চোখটা ঘোলাটে হয়ে গেছে।

পিঠটা খুব চুলকাচ্ছে।

একটা কি বলতে গিয়েও

যেন বলা যাচ্ছে না।

গলাই এসে কথাটা আটকে যাচ্ছে।

বুকের মধ্যে কোথাও যেন একটা খুব সূক্ষ্ম তার কেটে গেছে।

তার থেকে বেরোচ্ছে একটা গভীর বেদনার সুর।

কান্না পাচ্ছে কিন্তু কাদা হয়ে উঠছে না।

মাথাটা কেমন ঝিমঝিম করছে।

এতকিছুর মধ্যেও সেই ডাকের আকর্ষণটা একটুও কমছে না।

তুমি কি জানো

তোমার খুব কাছাকাছি আছে ভগবান।

তোমার সঙ্গেই চলছে একই ট্রেনে, অথবা বাসে।

তোমার সঙ্গে খাচ্ছে

একই রেস্টুরেন্টে, অথবা বাইপাসের পাশে একটা ধাবায়।

তোমার সঙ্গেই হাঁটছে, পার্কে অথবা একটা নির্জন রাস্তা দিয়ে।

তুমি কি জানো তোমার সঙ্গেই আছে ভগবান। আগেও ছিল, এখনো আছে।

তুমি যখন ঘেন্নায়, রাগে তোমার বন্ধুকে গালিগালাজ করছিলে, তখনও সে তোমার সঙ্গে ছিল।

বা তুমি যখন আদরে, ভালবাসায় তোমার প্রেমিককে,

পৃথিবীর সবচেয়ে উপরের ছাদে উঠিয়ে দিয়েছিল,

তোমার সঙ্গেই তখনো ছিল ভগবান।

চায়ের আড্ডায় যখন তুমি তুফান তোলো, তখনও সে তোমার সঙ্গেই থাকে।

বা যখন অপমানিত হয়ে, কান্নায় ভেঙে পড়ো,
তখন সে তোমার সঙ্গেই থাকে।

তুমি বলবে
যদি এত কাছেই থাকে, আমার সাথেই থাকে, আমি দেখতে পাই না কেন।

"দূর বোকা, ভালোবাসা কি আর দেখা যায় তাকে অনুভব করতে হয়।"

আছে কি এমন মজা মুক্তিতে, যা আছে ভালোবাসাতে

মরতে চাইনা আমি সুন্দর কে ছেড়ে।
বারবার ফিরে আসতে চাই।
আছে কি এমন মজা মুক্তিতে,
যা আছে ভালোবাসাতে।

দুহাত তুলে এই মানিক্য দিয়ে লেপটে দিতে চাই,
আমার সমস্ত শরীরকে।

যেন ভালোবাসার গুনগুন শব্দ থাকি আটকে।
যেন তার গুন গাই বারবার।
আর কিছু যেন না পড়ে চোখে

শপথ

আলাদা হলো তাদের পথ,
যারা শপথ নিয়েছিল একসাথে পথ চলার।
যারা প্রতিদিন নিজেদেরকে দেখতে চাই তো,
নিজের কাছে মানুষটার চোখের মনিতে।
তারা আজ, আর কাছের দূরত্ব সহ্য করতে পারেনা,
তাই দুরে থাকে,
যেখানের থেকে শোনা যায় না,
একে অপরের আর্তনাদের ডাক।

নিষিদ্ধ

এখন শব্দগুলো উচ্চারণ করার আগেই
চোখ কিরকম করে কথা বলে দেয়।
একটা গভীর উত্তলতা, বুকটাকে ভর্তি করে ফেলে।

এক বুক অতল জল পেরিয়ে,
মনে হয় তোমার ডাঙায় উঠি।
বাধা ধরা সব নিয়ম গুলো সরিয়ে রাখি।
তোমার তারুণ্যের উদ্যম ও উত্তলতায়
সঙ্গে আমিও যেন হারিয়ে যাই।

সেই সতর্কতা ও সংকীর্ণতা যা যা আমার বয়সের ধর্ম।
আমাদের মাঝে দাঁড়িয়ে থাকে, কাঁটাতারের বেড়া হয়ে।
যেন দুটো দেশ ভাগ হয়েছে, সেই বেড়ার হাতছানি ধরে চলতে গিয়ে।

তুমি তো জানো উত্তলতায় আমার কি ভয়।

আমি সাদামাটা একজন মাস্টারমশাই।

কাপড়টা ভালো করে কাচতে পারি না।

ঘরটা ভালো করে মুঝতে পারি না।

খাওয়ার একদমই ঠিক নেই।

সবকিছুই অগোছালো তাল পাকানো।

শুধু স্বপ্নের ঠিক আছে।

মাদুরের ওপর মেঝেতে বিছানাটা পাততেই,

তোমার স্বপ্নটা, রোজ হানা দেয় মনে।

প্রতিদিন যেন রূপগুলো পরিবর্তন হয়ে যায়।

নতুন স্বপ্নে তুমি আসো নতুন রূপে, নতুন ঘটনাক্রমে।

সেদিন রাতে স্বপ্ন দেখতে গিয়ে বিছানা থেকে পড়ে গেলাম।

তুমি আলতা পরে, পা রাখছো আমার দালানে।

পড়ে গিয়ে, পা-টা একটু চোট লাগলো বটে।

কিন্তু এই স্বপ্নের ছবিতে,

বুকের চোটটা অনেকটা ভালো হয়ে গেল।

কোথার থেকে একটা সুর এসে কানে লেগে থাকলে।
মনে বেশ একটা তৃপ্তির ভাব আসলো,
"বাস্তবে না হলেও , তোমার উত্তোলতার স্বপ্ন তো আমাকে গ্রাস করলো"।

মাথার চুল গুলো অনেকটাই পাক ধরেছে।
কালো ছাতাটা, আজকাল আর সেভাবে বৃষ্টি আটকাতে পারেনা।
গত দু-দশক ধরে সে ছিল আমার সঙ্গী।
বৃষ্টি আটকানো থেকে ছাত্র পেটানো,
সবকিছুতেই সে আমাকে করেছিল সাহায্য।
ধুতিটাকে আমি আর ভালো করে কাচতে পারি না আজকাল।
নোংরা নোংরা হয়ে যায়।
গ্রামের রাস্তায় কাদায় ছড়াছড়ি
আর সেই কাদা ধুতি নতুন রং করেছে ধূসর।

আগে ছাত্ররা সাইকেল থামিয়ে,

সেই ধূসর ধুতি নিচেই পায়ে হাত দিয়ে প্রণাম করতো।

বয়স বাড়ার সঙ্গে সঙ্গে, তারা আর প্রণাম করে না।

সাইকেলটা আজকাল, আর দাঁড় করায় না।

হু হু করে বেরিয়ে যায়, যেন দেখতেই পাইনি।

সেদিন তুমিও বেনারসি শাড়ি পড়ে কপালে সিঁদুর দিয়ে

হু হু করে বেরিয়ে গেলে।

আমার চোখের সামনে থেকে, যেন আমায় দেখতেই পাওনি।

লক্ষ্য করে দেখলাম তোমার বরটার সবগুলো চুলই কাঁচা।

আমার তো প্রায় পচাওর শতাংশ চুলই পেকে গেছে।

একদিক দিয়ে ভালোই হয়েছে।

সমবয়স হলে জমে ভালো, বিষম বয়সের থেকে।

কিন্তু বিষম বয়সে, একটা নিষিদ্ধতার গন্ধ থাকে।

একটা উত্তেজনা থাকে।

একটা উত্তলতা থাকে।

সবকিছু কিরকম চুপিচুপি করার মধ্যে
ভয়ের সাথে একটা অন্যরকমের মজাও আছে।
এটা ভাবতে খুব ভালো লাগে যে,
তোমার বর চিরকালই.
সেই মজা থেকে বঞ্চিত হবে।
যেমন আমি বঞ্চিত হচ্ছি
তোমার সঙ্গে একসাথে দাঁড়িয়ে থাকার থেকে।
তুমি আর কোনদিনও সেই বেনারসি শাড়ি পড়ে
আমার সাথে দাঁড়াবে না
আর আমিও সেই চকচকে পাঞ্জাবি কোনদিনই পড়তে
পারবো না।

অনন্ত

চারপাশে একটা সবুজ বাগান,

তার মধ্যে এক ফালি রোদ।

জায়গাটা ভড়ে আছে ধুপের গন্ধে, নুপুরের ছন্দে।

সাদা লাল শাড়ি, আর ছোট ছোট চিৎকার,

সবমিলিয়ে একটা সাদা পালেটের মধ্যে মিলেমিশে যাচ্ছে,

আনন্দের সবকটি রং।

আমি বসে আছি অনন্তের দিকে তাকিয়ে।

সঙ্গে বসে আছে একদল কাঠবিড়ালি, নেরি কুত্তা, আর কিছু বাচ্চাকাচ্চা।

এরা বসে আছে আবহমানএর দিকে তাকিয়ে।

আমি শুনছি বয়েই যাওয়ার সময়,

কোথায় গিয়ে মিশে যাবে সমুদ্রের আনন্দে।

এরা সেই সময়কে সেলফিতে করছে লিপিবদ্ধ।
সুখটা ঝিমঝিম লাগছে,
জড়িয়ে আসছে চোখ মনে হচ্ছে
এই মৃদু আর মধুর পরিবেশে লাগিয়ে দিয়ে একটা ঘুম।

অনন্ত তো ঘুমিয়ে আছে আমাদের
গোটা শরীরে অস্তিত্বে।
আমরা কেন ঘুমোতে পারব না অনন্তে ?

নিজের রূপকথা

চাহিদা আর খেয়ালের বৃত্তের মাঝে
মানুষ লেখে নিজের রূপকথা ।

পরির সুতোর জাল, আর পাখার ঝাপটানী
নিভৃতে করে যায় তাদের কাজ ।

মহামায়ার আসিস্টেন্টরা রূপ দেয় আকাঙ্খাদের।

তুমি কী সেই মানুষ ,
যে ধরে রাখা, আর ছেড়ে দেওয়ার, উপাখ্যান পেরিয়ে,
জীবন আর যোগের মাঝে,
লিখছ নিজের রূপকথা ?
যেখানে প্রকৃতির নিয়ম তরল হয়েছে,
আর তোমার সাদা পাতায় লেখা শব্দেরা,
তোমার আশেপাশে শ্বাস নিতে শরু করেছে ?

সিন্ড্রেলা ও কীট

সিন্ড্রেলা

এই দেখছো ঐ পাহাড়টা, ওটা আমার সত-মা
আর তার পাশের সবুজ গাছগুলো,
যার মধ্যে, এক লাল ঠোঁটের টিয়া সমানে ডেকে চলেছে
ওরা আমার সত বোন,
ওরা আমাকে মেঘ ... থেকে জল করে দেয় ..
আর আমি সিন্ড্রেলা ..একটি উড়ো মেঘ ..

কীট

তুমি নাচতে পারো ঐ মেঘের মতো
বারান্দকে আকাশ ভেবে ..
পরীরা যেমন নাচে ...

সিন্ড্রেলা

পারি,তবে আমার সময় বাধা,
ঐ বড় ঘড়িতে,যখন বাজবে বাড়োটা ,
চলে যেতে হবে আমায় ,সময়ের ডাকে,
সময় যে আমার সতীন ..

কীট

আর যদি না যেতে দিই ,ধরে রাখি তোমায়
তাহলে ..

সিন্দ্রেলা

তুমি রাজা, সব পারো তুমি
আমি এক সামান্য নারি - এলা,
তোমার ভালোবাসায় হয়েছি -সিন্দ্রেলা
আমায় বাধতে পারো তোমার শঙ্খলে,
কিন্তু সময়, সে তো তোমার শঙ্খল মানে না..

==========

একটা ঘন্টার আওয়াজ ..
কীট তাকিয়ে দেখে ..

বড় ঘড়িতে ঠিক বারোটা
পাশ ফিরে তাকাতে দেখে সিন্ড্রেলা আর নেই।

কীট

সিন্ড্রেলা...সিন্ড্রেলা. .কোথায় হারিয়ে গেলে ?
শুধু একটা সুন্দর জুতোর এক পাটি পড়ে আছে,
যার মধ্যে চকচকে একটা হিরে ঝলসাচ্ছে ...

(মূল গল্প থেকে কবিতায় আকারে প্রকাশ করা খানিকটা অংশ।খুজে নিচ্ছিলাম চিরন্তন ভালোবাসায়, অপেক্ষার জায়গাটা)

অনন্তের ব্লাকবোর্ড

প্রকৃতীর সাথে , একান্তে ..
এখান থেকে এসেছি ..
এখানেই যাবো মিলিয়ে ..
মাঝের এই ঝড়টা ..
ছোটো একটা চকের দাগ ..
অনন্তের ব্লাকবোর্ডে
কিন্তু যদি ব্লাকবোর্ডেটাই ভালোবাসা হয় ?
তাহলেও কী আমরা মিলিয়ে যাব চকের দাগের মত?

সিনেমা আর সাহিত্য

সিনেমা কেন সাহিত্য তৈরি করবে ,
সিনেমা ভালো সিনেমা তৈরী করবে ...
মোহন আগাসী থেকে শীষেন্দু আর গৌতম ঘোষ ,
চলচিত্রের আড্ডাগুলো হয়ে উঠুক আরও গভীর ...
যার হাত ধরে উঠুক মৃত ভালোবাসারা।

শ্রীজয়দীপ

সৃজনশীল ভালোবাসার দশমীর জগত

একেবারে অন্যরকমের এক সৃজনশীল দশমীর জগত,
নোটের হাহাকারের মাঝে,
স্বপ্ন আর দৃশ্যেরা,
মিলেমিশে একাকার ...
একেই বলে ভালোবাসার জাদু।

সবই কালো ভালোবাসা সাদা

বাবা মা বলেছিলো পড়াশুনো করলে সব হয়,
তুমি বললে, ঝাটা হাতে রাস্তা পরিষ্কার করলে, সব হয়
তোমাকে শিক্ষার বদলে, স্বচ্ছতার কর দিলাম
তুমি বললে টাকার জন্য লাইনে দাড়াও,টাকা জাল রুখবো, কালো টাকা ধরবো ..
না ,যারা জাল করছিলো , তারা নতুন টাকা ও জাল করলো,
যাদের কালো টাকা ছিলো , তারা তাকে, আর ও বিভন্ন বঙে রুপান্তর করলো
কিচ্ছু হল না .. তাতে কী
আমরা তো সবকিচ্ছুর জন্য লাইনে দাড়াই ,এতে আর নতুন কী, দাড়ালাম লাইনে ?
তোমার সময়ের দাম আছে, আমাদেরটা তো কুড়িয়ে পাওয়া , তার আবার দাম কি?
আমাদের জীবনেরই দাম নেই , তা আবার সময় ,
আশিটা লোক মরল , তুমি বললে ঐ তো দেশে, এত লোক বাড়ছে

জনসংখ্যা নিয়ন্ত্রনের ,
এ এক অভিনব উপায় ,
কিন্তু সেটা ও হল না
ঐ লাইনে দাড়িয়ে, এক মা প্রসব করল,
এক সন্তান জন্ম নিলো
মায়ের ভালোবাসার রঙ সাদা।

তেরি হল নতুন ভারত ..
শিক্ষার ভারত না , সংস্কৃতির ভারত না ,

আধাত্মের ভারত না
লাইনে দাড়ানো ভারত .. মন্দ দিনের ভারত ..
তাহলেও তুমি রাজা বটে ,
তোমার ছবি ছাপিয়ে যারা ব্যবসা করে
আর তোমার কাছের লোকেরা ,

যারা কাড়ি কাড়ি কালো টাকা বিদশে জমায়
তাদের টাকার রং সাদা ..

আর আমরা প্রজা বটে ..
খেটে খাই .. ঘাম ঝড়াই ..
তাই চামড়ার রং , রক্তের রং , টাকার রং
সবই কালো ...

তুবও বলে রাখি,
আমাদের ভালোবাসাটা
খুব সাদামাটা চিরন্তন ভালোবাসা,

কেউ প্রতুশ্রুতি রাখে না,
তবুও আমরা প্রতুশ্রুতিতে বিশ্বাস রাখি।

শ্রীজয়দীপ

মেঘে ঢাকা অরুনাচলা

বেশ একটা নতুনের গন্ধ ,
নতুন বন্ধু
আর নতুন স্বপ্ন।
ভালোবাসায় ভরাট হওয়ার স্বপ্ন।

সমুদ্রের জলোচ্ছ্বাস

এক যন্ত্রনা থেকে আরেক যন্ত্রনা,
যাওয়ার রাস্তায় ,
নেভা নেভা আলো,
ভেতরে,
গোপনে জ্বলছে আগ্নোয়গিরি,
উপরে সমুদ্রের জলোচ্ছ্বাস।

ভিক্টোরিয়ার পরির বাসা

রামধুন আর সূর্য, দুজনকে একসাথে পাওয়া গেল,
ভিক্টোরিয়ার পরির বাসা,
হাতছারা হল ..
শহরের আগাছা প্রেমিকের কাছ থেকে ..
তাতে কী ...
সাহিত্য প্রেমিকরা এসে ,
পশ্চিমের ফুলের বাগান ...
নির্মান করলেন, নতুন এক ভাষার জগত ..

ভালোবাসার কবি

খুবই অবাক হলাম তোমায় দেখে,
একমাথা টাক,কাচাপাকা দাড়ি,
জ্বলজ্বলে চোখ..
দেহে বয়সের ছাপ ..
কিন্তু শব্দগুলোর তো বয়স নেই ..
বেশ অমরত্বের ছাপ ..
আমায় থান থান করে বললে ..
অমরত্ব , সে তো বোকারা চাই ..
আমি কবিতার ফেরিওয়ালা ..
দিন আনি , দিন খাই ..
জীবনে যা দেখি , তাই লিখি ..
বালিতে, সাদা পাতায় ..
বা ফেসবুক ওয়ালে...
যেখানেই লিখি ..
ভাবিনা একশো বছর পর,
আমার কবিতা , কেউ পরবে কি না ..
শাসক কবি, আর চিরন্তন কবির মাঝে ..
আমি এক ভালোবাসার কবি ।

লেখক সম্পর্কে

শ্রীজয়দীপ

জন্ম ৭ই ডিসেম্বর ১৯৭৫ সাল। শ্রী জয়দীপ ইংরেজি এবং বাংলা ভাষায় একজন প্রসিদ্ধ, দ্বিভাষিক ভারতীয় লেখক, যিনি ভারতীয় প্রাচীন সংস্কৃতি এবং ঐতিহ্যের বিষয়ে লেখেন। তিনি এর সাথে বিশ্বজনীন, অস্তিত্বশীল এবং আধ্যাত্মিক থিমের বিশাল ক্যানভাসেও লিখেছেন। তিনি সামাজিক সমস্যা, ব্যবস্থাপনা সংক্রান্ত সমস্যা, এবং স্বাস্থ্য ও সুস্থতার সমস্যা সম্পর্কিত সমসাময়িক থিমগুলিতেও লেখেন। তাঁর লেখা কবিতা থেকে শুরু করে প্রবন্ধ, গল্প এবং উপন্যাস মানুষের অভিজ্ঞতার বৈচিত্র্য প্রকাশ করে। তার দুটি কাজ অত্যন্ত জনপ্রিয় হয়েছে - 'স্টোরিস

ফ্রম অরুণাচলা ডায়েরিজ' এবং "সেভেন যোগা হেবিটস হুইচ কেন ট্রান্সফ্রম উইর লাইফ" এবং গত দুই বছর ধরে টানা অ্যামাজন প্রাইম রিডিংয়ের জন্য মনোনীত হয়েছে। উকিয়োটো এবং পকেট এফএম-এর মতো গ্লোবাল পাবলিশিং হাউস দ্বারা প্রকাশিত জনস্বাস্থ্য এবং পরিবেশগত সংরক্ষণ এবং স্থায়িত্ব সম্পর্কিত 'নিম বাবা' এবং 'ডায়মন্ড ফোর্ট'-এর মতো তার সাম্প্রতিক কিছু কাজ, পরিবেশ ও জনস্বাস্থ্য বিষয়ক গুরুত্বপূর্ণ কন্ঠস্বর উত্থাপনের জন্য সমালোচকদের দ্বারা প্রশংসিত হয়েছে। . একটি জনপ্রিয় নারীবাদী আন্তর্জাতিক জার্নাল (পেটি প্রগ্রেসিভ) শ্রী জয়দীপের "সেভেন যোগা হেবিটস হুইচ কেন ট্রান্সফ্রম উইর লাইফ" তালিকাভুক্ত করেছে তাদের "হল অফ ফেম"-এ চৌদ্দটি অনুপ্রেরণামূলক বই হিসাবে, পল কোয়েলহো "অ্যালকেমিস্ট" এর সাথে।২০২১ সালে শ্রী জয়দীপ "ডায়মন্ড ফোর্ট" উপন্যাসের জন্য আন্ত্রজাতিক নানোরিমো পুরস্কার এবং ২০২২ সালে "ব্লাড মুন" উপন্যাসের জন্য আন্ত্রজাতিক "হোয়াটস নাউ" পুরস্কার পেয়েছেন।

www.ingramcontent.com/pod-product-compliance
Lightning Source LLC
LaVergne TN
LVHW041551070526
838199LV00046B/1897
9789360164751